AF503523

DERNIÈRE TOURNÉE

ET

REVUE COMPLÈTE

DES

Embellissements de Lyon,

PAR LE VRAI CANUT

Croix-Roussien

PRIX : 50 CENT.

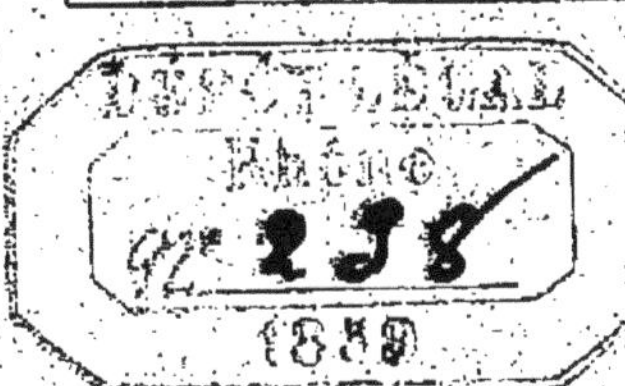

LYON

Th. Lépagnez, imprimeur, petite rue de Cuire, 40

—

1859.

DERNIÈRE TOURNÉE

ET

REVUE COMPLÈTE

DES

EMBELLISSEMENTS DE LYON,

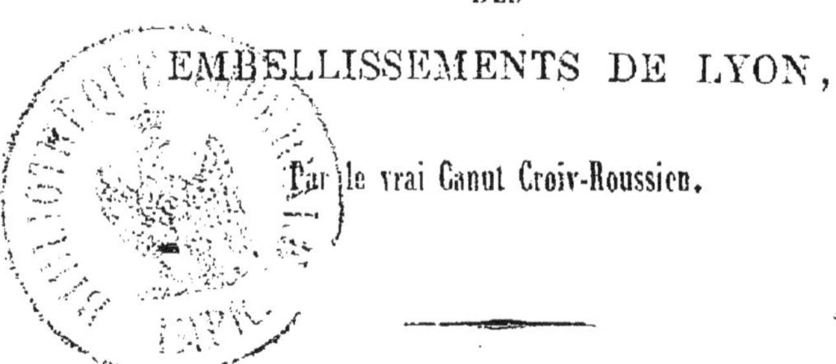

Par le vrai Canut Croix-Roussien.

Excusez-moi, lecteurs, car à votre indulgence
Je dois faire un appel, en tirant du silence
Ces quelques mots écrits par un vieux vétéran
Que n'a jamais rien su que mener le battant.
Les canuts de mon temps ne savent guère écrire;
Mais, bath! la vérité, c'est si facile à dire!

Déjà, quand l'an passé mon Confrère de nom
Voulut chanter si haut les beautés de Lyon,
J'eus pas besoin longtemps d'écouter son ramage
Pour connaître l'oiseau sans toucher son plumage;

Et pour venger l'affront fait au bon vieux *Jacquard*,
Je me suis fait Griffon, mais Griffon CANESARD.
Prenant la plume en main, j'ai parlé sans emphase
Au nom des vrais canuts, sans passer chaqne phrase
Au docte *polissoir* d'un certain *Bois-de-l'eau :*
Pour aligner mes vers j'ai pas pris de *rasteau.*

Mais puisque cette fois le canut de coulisse,
Croit devoir débuter par un trait de malice,
En prétendant perdus les généreux instants
Que m'auraient accordés mes lecteurs indulgents,
Je veux, pour m'acquitter d'une aussi noble dette,
Vous tracer de Lyon l'image plus complète.

Cette fois, faux canut, pour me damer le pion,
Te parles trop de toi, pas assez de Lyon,
A vendre ton esprit que tout seul te t'applique,
Moi je craindrais rester ma meilleure pratique.
Aussi sur mon sujet je m'en vais frapper sec,
Sans avoir, bel oiseau, ta plume ni ton bec.

Pour commencer mon tour faut que je m'oriente.
J'aime les bons chemins et je crains la descente;

Et des chemins plus courts descendant du plateau,
Malgré tout ce qu'on dit, j'en vois pas un de beau.
Vivat pour nos *Tapis!* on y marche à son aise.
Tiens, mais si j'en usais. Je passerai par *Vaise.*
Je ferai ce qu'un autre a pas encor osé :
Sans doute il aura craint l'embarras du marché.
Mais je suis vieux et veuf et tombe pas des nues,
On n'y marque, je crois, que les bêtes cornues.

C'est décidé, je prends comme point de départ
Ce *Cours* dont nous som's fiers. Dommage qu'un rempart,
Souvenirs d'autres temps, bon pour des places fortes,
Percé de mille trous pour n'avoir que trois portes,
Que doit toujours tomber, résiste impunément,
Aux vœux souvent formés pour son déterrement.
Pour craindre l'ennemi, sommes-nous sans courage ?
Nous som's tous de Français. A qui bon cette cage
Que ferme de Lyon la moitié sous verroux ?
L'un voit l'autre petit par tous ces petits trous.
Non, les temps sont changés : ces masses inutiles
Ne doivent plus mentir en divisant deux villes.
Vivons en espérant : ce dicton de tous temps
Est notre privilége. Il le sera longtemps.

Dans ces réflexions j'arrive à la terrasse
Que domine *Serin*. De cette même place,
Voilà bientôt vingt ans, Lyon épouvanté,
Quand la Saône en fureur décimait la cité,
Par des pleurs impuissants répondait aux victimes,
Quand, guidé par leurs cris, l'œil ne voyait que ruines;
Mais quand les flots lassés eurent fui notre bord,
En laissant après eux la misère et la mort,
Vaise n'existait plus ou n'offrait à la vue
Qu'un quai tracé par eux, au lieu de sa grand'rue.

Tout fut bien reconstruit; mais l'innondation
Avait tracé le plan : la démolition,
Fléau de notre temps, que l'on dit salutaire,
Et dont nous som's pas mieux préservés par *Fourvière*,
Me parait d'où je suis avoir de son marteau
Diablement remué le pied du grand coteau.

Pour voir ça de plus près, je descends au plus vite,
Sans oublier pourtant notre admirable site.
Paris serait jaloux, s'il voyait comme moi
Dans les bras de Lyon la *Saône* en *bas de soi*.

Ah! pour le coup, bravo! ce chemin que *sarpente*
A transformé pour nous la plus ignoble pente,
En un *chouet* jardin, qui, devant un palais,
Serait assurément nommé jardin Anglais.
Excusez, les amis, j'ai dit une bêtise;
En parlant le Français, vite, qu'on le baptise.

Serin, bien des canuts oubliaient ton chemin,
En vivant sobrement par le pain sans le vin.
Il fut longtemps si cher! et la recette habile
Seule sait par l'impôt que nous som's de la ville.
Ce côté change peu; même le pont *Mouton*
Demande aux charpentiers une utile façon.

Mais après ces malheurs *Vaise* a bien sa revanche:
Nom d'un rat, qué beau quai! de zarbres quelles ranche!
Messieurs les Parisiens, nous avons notre tour:
Vaise, digne de vous, cesse d'être faubourg.
L'on a rien lésiné pour son embarcadère,
L'espace ni l'argent. Sa charpente légère,
Chef-d'œuvre du marteau, supporte élégamment
Le parquet de cristal de son toit transparent.
De deux points cardinaux, quoique l'Europe en dise,
Au commerce Lyon est une autre Venise.

De cent mille fourgons le cortége imposant
Fournit son entrepôt chaque jour en passant,
Quand *Perrache*, à son tour, en son palais de verre
Attend les étrangers que sortent de sous terre.

On a donc, Dieu merci, cette fois enlevé
Jusqu'au pont de Serin cet ignoble pavé
Que vous marquait les pieds par ses têtes si dures,
Au cachet de (*cinq*) saint Clou, patron des pédicures;
Et la pierre taillée aux roches de Couzon
Trône sur le caillou, que n'est plus de saison.
Qu'on lui fait des faveurs les preuves sont ben fortes.
On nous laisse nos murs, Vaise n'a plus de portes.

Si Lyon de sa Bourse a lâché les liens,
Tout en profitera; car l'*hôpital des chiens*
En a reçu sa part. Mais, quelle est ma surprise!
Où diable a-t-on porté le bloc de *Pierre-Scise?*
On disait autrefois, qu'aussi bon que puissant,
L'immortel *Kléberger*, au mépris de l'argent,
N'ayant d'ambition que celle de bien faire,
Fut le premier qu'osa toucher à cette pierre;
Et que, pour faire un trou pour passer deux bateaux

Et livrer un passage aux abondantes eaux
De la Saône, rivière aux translations actives,
Si riche alors d'espoir que sont belles ses rives,
Il usât sans compter, dans son beau dévoûment,
La moitié de sa vie et de son bien autant.
Et voilà que depuis, sans tambours ni trompettes,
La roche f... le camp comme sur des roulettes.

Après çà, doutez donc qu'un jour les deux côtés
Par un pont Fribourgeois l'un à l'autre soudés,
La Croix-Rousse à Fourvière aille en troupe dévote
Obtenir son pardon. Mais quelle est cette grotte?
Au fond, un mannequin par la hache ébauché
Par un rideau de lierre a le museau caché?
Quoi! c'est là *Kléberger!* O pauvre *homme de roche!*
Lyon reconnaissant t'a fait à coup de pioche
(Pour rester dans tes goûts) un f.... monument.
Osa-t-on le signer? Allons, décidément
Lyon ne s'entend guère à la reconnaissance,
Ou ses vrais serviteurs seuls ont bien peu de chance!
Héros de l'industrie, en mourant au combat,
Kléberger pour Lyon fit-il moins qu'un soldat?
Suchet prit Taragonne en l'an mil huit cent onze :
Mais lui donna toujours, l'or vaut plus que le bronze.

T'es toujours bien crotté, pauvre vieux quai *Bourgneuf;*
T'as cranement besoin d'un remontage à neuf.
Et ces cheveaux *vapeurs* que donnaient tant de vie
Au canal de *Paris,* vont donc à l'écurie
Se ronger de dépit au nez de leur vainqueur.
On peut bien les nommer les bateaux *à la peur.*

Mais, arrivant au bout, je prends le pont du *Change.*
En voyant *Saint-Nizier* l'oreille me demange.
Cette église est si belle!... O n'a bien que Lyon
Qu'ait pu pour la cacher bâtir une maison!
En revanche, on devait démolir la *Platière,*
Pour démasquer au moins l'église de *St-Pierre.*

Mais, enfin, contournant la célèbre maison,
Saint-Nizier rajeuni montre son beau fronton,
Sa flèche dentelée, œuvre de patience,
D'un fameux architecte atteste la science.
Et, plus tard, isolant sa façade au midi,
Le *Passage des Morts* se verra démoli.
Pour ça, faut que Paris, jalouse capitale,
Permette d'achever notre ligne *centrale.*

Mais si ce qu'est à faire égale ce qu'est fait,
C'est pas une raison pour oublier le *quai*,
Qui, de bien près d'une aune en élevant ses digues,
A dans ces entre-sols dû loger ses boutiques;
Ces *platanes* naissants, témoins de doux avœux,
Que l'on voit au niveau tirés par les cheveux :
C'est que dans son grand bain de *dix-huit-cent-quarante*,
Saint-Antoine a gagné cette fièvre prudente;
Et malgré les secours du nouveau médecin,
Il doit toujours sans eau boire bien peu de vin.

C'est là qu'au *huit septembre*, au pied de Notre-Dame,
De la Vierge arborant la céleste oriflamme,
A la Nativité, dans sa dévotion,
Lyon vient recevoir la bénédiction.
D'en recevoir ma part l'an passé j'eus l'envie :
Jamais j'avais rien vu de semblable en ma vie!
Le bourdon de St-Jean, les tambours, le canon,
Ayant ouvert la fête en prodiguant le son,
Mon cœur battait sur bois plus vite que pour serges
Quand, couvrant le coteau, un essaim de nos vierges
Entonnèrent soudain leur angélique chant.
Je suis sûr que Paris n'en vit jamais autant!

C'était ben le plus beau de la cérémonie,
Car sitôt après çà la ville fut bénie.

Mais si dans ce beau jour Marie eut tous nos vœux,
Pour la Conception nous gardions tous nos feux.
Que de mille lampions ont brûlé pour sa gloire!
Dommage, cependant, qu'en faisant une foire,
Réservant pour ce jour d'étalages complets,
D'un faux zèle montant les rouages secrets,
Tant d'enragés marchands exploitant notre zèle,
Soit juifs ou protestants faisant frais de chandelle,
N'aient dans tout cela d'autre but principal
Que d'économiser une annonce au journal;
Car je sais deux maisons qu'avaient dans leurs vitrines
Une Vierge au milieu de cols et crinolines :
Je sais de bons chrétiens qu'avaient çà sur le cœur.
Je signale le fait, mais en discret censeur :
Je veux taire les noms, dans l'éloge ou le blâme ;
Je ne veux pas tenir un journal de réclame.

Toujours la crinoline est mise sur tapis,
Et toujours, malgré tout, en dépit des maris,
Le diable s'en mêlant, toujours la mode en ronfle :

Et la femme toujours ne se croit bien que gonfle.
Filles sages, restez au dessus du niveau
Toujours droites, malgré le procédé nouveau;
Gardez donc bien non pas (je crois cet avis sage)
La cage sans l'oiseau, mais l'oiseau sans la cage.

Mais me frottant les yeux un instant j'avais cru
Qu'à force d'en tant voir j'avais pris la *brelu'*.
Que voulez-vous... C'est que je ne pouvais pas croire
Qu'on l'avait raccourci ce bel *Observatoire*.
Pour embellir Lyon çà faisait pas besoin :
Paraît qu'on ne veut plus qu'on y voie aussi loin!
Mais on m'a-t-assuré qu'avec une lunette,
Du balcon de la Vierge on verrait la comète.
Tout comme on me l'a dit, je vous le dis à tous,
C'est le Sacristain qu'ouvre, et çà coûte cinq sous.

Je remarque en passant le *Palais de Justice*,
Qu'on a perché si haut, sans doute avec malice,
Pour lasser les plaideurs, qui souvent aujourd'hui
Sur la conscience ont plus de poids que d'appui,
Car il faut des poumons d'une fameuse trempe
Pour y monter ainsi quatre étages sans rampe.

Triste de tous côtés, énorme par son prix,
Il porte le cachet du talent de Paris.

Au *pont Tilsitt* enfin j'arrive sans encombre.
Des ponts à reconstruire on dit qu'il est du nombre...
Souvenir du vieux temps du premier Empereur,
C'est sa solidité qui cause son malheur.
Quand un autre, à la mode, occupera sa place,
Le quai du même nom changera-t-il de face?
On parle ben déjà, dans le tracé nouveau,
D'y ramener le sol à son ancien niveau,
Manière d'occuper certains propriétaires
Que croyaient s'y trouver comme dans leurs affaires.
Mais ce qu'on dit assez mais qu'on fait pas souvent,
Qui serait ben du quai tout l'embellissement,
Ce serait de raser ce palais de la *Douane*
Que semble une prison bien plus triste que *Roane*
Et son digne pendant, inutile *Grenier*...
C'est ben le plus pressé que passe le dernier!
On me dit que Lyon qu'a mis sa *Bourse* en grève
A chargé de ce soin les richards de Genève
Que restent en retard, redoutant l'embarras
D'avoir à déloger dans les deux quelques rats.

Mais du *Chemin de fer* le grand mur me déroute,
Je ne vois pas plus loin sur cette même route.
Lyon s'arrête là. Donc, qu'il me soit permis
De n'en pas faire plus que je vous ai promis.
Mais du noble quartier qu'illustra la navette
Je n'oublierai pas l'Église si coquette :
St-George a çà de bien ; mais faut lui faire droit ;
Si c'est tout ce qu'il a, c'est à lui qu'il le doit.

J'aurais voulu savoir danser sur la ficelle,
J'aurais pu traverser sa belle *Passerelle ;*
Mais j'aime le solide, et crains trop le balant.
De Madame *Sacqui* je n'ai pas le talent.

Prenant par le flanc gauche, en filant droit j'arrive,
En traversant Lyon de l'une à l'autre rive,
Au plus beau de nos quais près de la *Charité*,
Des quais dont nous som's fiers. C'est ben le mieux planté.

Enfin, qu'attend-on donc, depuis que l'on hésite
A prendre le niveau de la place *Léviste*,
Pour élargir la *Barre* et l'élever du coup?

Depuis assez longtemps c'est un vrai *casse-cou.*
On connaît trop l'emploi de ces mots sans réplique
Pour oublier ici l'UTILITÉ PUBLIQUE.

Chef-d'œuvre de *Soufflot*, note bel *Hôpital*
Peut défier *Paris*, car il est sans rival.
S'élevant hardiment sur ses bases solides,
Son dôme éclipserait celui des *Invalides*,
Si Paris que le sait en jaloux *matador*
Ne l'avait pas caché sous un couvercle d'or.

L'autre côté du Rhône aussi d'honneur se pique :
Du nouveau quai *Joinville* on admire la digue.
Mais je craindrais pourtant me montrer flagorneur
En y reconnaissant la main de l'Empereur.

J'allais toujours tout droit, quand au pont *Lafayette*
Je vois que du *Concert* on a fait place nette ;
Puisqu'on a tout défait, jusqu'au *méridien*,
Voyons dans ce quartier ce qu'on a fait de bien.
Le *grand marché* commence à prendre bonne touche.
Ce sera pas trop tôt cette fois qu'il accouche.
Patience ! le grand jour est proche d'arriver :

Pour qu'on puisse l'ouvrir, laissons-le donc fermer.
Sa charpente élégante et sa coque fragile,
Œuvre digne en tous points d'une main bien habile,
Va porter son bouquet, si longtemps désiré,
Déjà contre la grêle on le dit assuré.

Nos *trieuses de sous* (dessous) pour conserver leurs raves
Au nombre cinq cents auront toutes de caves.
L'espace manque pas, nous ne les verrons plus
Se batre pour savoir celle qu'en a le plus.
Chacune aura sa place. Au lieu de simples bornes
Nos marchandes auront toutes de belles formes.
C'est pas un calembourg. Vraiment, c'est curieux,
Pour des chantres d'église on n'en fait pas de mieux.

Enfin, des *Cordeliers* on replaque l'église.
Si de force on a vu qu'elle était plus de mise,
On veut la conserver dans son antiquité
De travers comme elle est dans toute sa beauté.

De cet ancien quartier, pour finir ma revue,
J'enfile vers la *Bourse* une nouvelle rue,

Remplaçant dignement l'ancien quartier *Buisson*
Qui du futur palais vient de prendre le nom.
A peine en quelques jours la rue *Impériale*
Vit naître à ses côtés cette digne rivale.

Le *Palais de la Bourse* est depuis l'an passé
Arrivé jusqu'au toit que vient d'être placé;
Et bientôt ces *pouteaux*, *extases* et *potences*,
Que couvrent tous ses murs, recevront les engeances
De ces grands ciseleurs au magique burin,
Que savent animer et la pierre et l'airain.
Les maçons ont fini, l'œuvre de l'art commence :
Attendons donc la fin sans le juger d'avance.

Je revois le *Collége*. Oh! j'ai pas oublié
Sa porte où dans mon temps j'ai tant étudié.
En élevant le sol sous sa voûte courtoise,
Des maris malheureux on a baissé la toise.

Mais sans quitter la rue autrefois *du Garet*,
Juste à la *Comédie* on arrive d'un trait.
Lui qu'a sa grande entrée à notre *Préfecture*,

Cavet des grands salons vous a fait la peinture ;
Moi je reste à la grille où mon nom de *canu*
Pour un laissez-passer ne serait pas connu.
Mais au moins des *Coustou* que la Saône et le Rhône
Ailleurs qu'aux pas-perdus trouvent un digne trône !

Notre vieille *Commune* en se voyant si belle
Trouva notre *Opéra* beaucoup trop noir pour elle.
De rentrer en faveur il comprit le besoin,
De s'en montrer plus digne il dut prendre le soin :
Par la Belle au Voisin la grâce fut promise,
A la condition de blanchir sa chemise.

Des derniers vieux quartiers en régénératrice
Va bientôt se percer la rue *Impératrice*,
Qui, prenant de *St-Pierre* au levant du Palais,
Va jusqu'à *Bellecour* promener ses balais.

Pour parer au défaut que sa droite rivale
Doit faire en rejoignant la rue *Impériale*,
A près d'une maison au coin de *Bellecour*,
On nous fait espérer que nous verrons un jour

Notre ligne centrale arriver en droiture
En face *St-François;* se faire une ouverture
Qui de *St-Dominique* aux débouchés jumeaux
Diviserait l'espace en deux côtés égaux.
Ainsi de ce projet les conceptions adroites
Donneraient à Lyon d'un coup deux lignes droites.

Attendant l'avenir il faut voir le présent :
Du maréchal *Suchet* la place *Tholozan*
Porte à son beau mitan la fameuse estatue
Foulant la mabre aux pieds, et crânement fondue,
Et les bareaux dorés, c'est ben ça qu'est chiquard!
Ça ne ressemble guère à notre vieux *Jacquard!*
Lyon doit ben pourtant aux trous de son carton
Autant que de Suchet il redoit au bâton.

Avant de remonter, ma course étant finie,
Je veux du nouveau *Parc* voir la *ménagerie.*
Les bêtes ont pour moi toujours eu tant d'appas;
Que j'étais trop fâché que Lyon n'en eût pas !
Mais pour traverser l'eau me faut fouiller ma poche,
Pas pour le *pont Morand,* quoiqu'il soit le plus proche;

Voilà ben trop longtemps qu'il soutire nos sous :
J'aimerais mieux vraiment plutôt passer dessous !...
Je veux pas traverser la ville toute entière.
Notre seul pont gratis est à la *Guillotière*.
Un bon propriétaire habitant des *Brotteaux*
M'a dit qu'ils vont dabord avoir tous de bateaux !
Mais en attendant çà, pour achever ma course,
D'un sou le *pontSt-Clair* a déchargé ma bourse.

Aussi voilà longtemps que j'ai pas vu le bois ;
Voilà tout juste un an de la dernière fois.
J'avoue qu'il a depuis un peu changé de face,
Car de ces beaux chemins le nombre m'embarrasse :
Je tiens pourtant celui que mène aux *traquenards*.
Je vois que de partout manque pas de canards :
De ce bipède ailé Lyon dans ses largesses,
A fait provision dans toutes les espèces ;
Mais les gros animaux de sa collection
Sont dus en bonne part à sa production.
Chèvres, boucs ou taureaux, vaches aux belles formes,
S'y disputent le prix par l'éclat de leurs cornes ;
Ce bélier mérinos au lainage éclatant
Qu'en a si belle paire et qu'on est si content :
Toutes ces bêtes là quoique de belle race,

Sont pas rares pour nous, on les trouve sur place ;
De ces derniers surtout, notre département
Fournirait à sa part un fameux régiment.

Mais ne zons en revanche une fameuse cage,
Où de rares oiseaux étalent leur plumage.
Et l'on dit que d'Afrique on attend un grand choix
De bêtes que bientôt nous verrons dans le bois ;
Alors les *Parisiens* ne feront plus leurs têtes,
Ils ne seront plus seuls qu'auront de belles bêtes.

Notre *Bois de Boulogne* au moins puise son eau
A la source du *Rhône* et non dans un tonneau.
Mais faut ben confesser que par leur petit nombre,
Nos arbres peu touffus ne donnent guère d'ombre ;
Qu'à présent que je sors du jardin sans pareil
Une heure au moins après le coucher du soleil.

Me voilà donc, lecteur, à la fin de ma course,
Je vais clopin-clopant regagner ma *Croix-Rousse* ;
D'ici je pourrais bien abréger le trajet,
Mais le pont de la *Boucle* est encore en projet.

Malgré mes nonante ans, mes jambes en compote
Vont comme elles pourront regrimper par la côte.
Fier d'avoir grâce à vous autant fait de chemin,
Espérant de Paris rire autant l'an que vint.

P. P.

FIN.

www.ingramcontent.com/pod-product-compliance
Ingram Content Group UK Ltd.
Pitfield, Milton Keynes, MK11 3LW, UK
UKHW021153230726
13926UKWH00001B/90

9 782014 060218